AL·L

PARIS

SOUS LE BAS-EMPIRE

ou

PARIS ACTUEL

NOTES INÉDITES

par Lambert

Élève posthume de Saint-Simon et de Tallemant des Réaulx.

— 1865 —

—

DEUXIÈME ÉDITION

Considérablement augmentée, avec la *Clef des noms*.

LONDRES

LIBRAIRIE ÉTRANGÈRE DE W. JEFFS

15, Burlington-Arcade.

PICCADILLY.

—

1871

Bachelery. La Révolution, in-16 (avec le procès), suivi de l'Assassin impérial.

Le procés de Boulogne de Louis-Napoléon, in-16.

Napoléon (le prince). Conduite de la guerre d'Orient, 2 vol. in-8°. Pamphlet.

Klapka. La guerre d'Orient, in-8°. Pamphlet.

L. Labarre. Vertus et gloires de l'Empire. Pamphlet, in-12.

La ligue des neutres ; pamphlet contre Napoléon III et la conduite de la guerre, in-18.

H. Rochefort. La Lanterne.

Le père Duchêne, pamphlet, par Gustave Maroteau.

L'Homme de Sedan, par le comte Alfred de la Guéronnière, vol. in-8°.

Ch. Grun. L'Italie contemporaine. 2 forts vol. in-12.

Villebois. Mémoires secrets sur la cour de Russie. Vol. in-8°.

Combes. Histoire diplomatique de la Russie en face de Constantinople et de l'Europe, vol. in-8°.

D'Haussonville, etc. Le *Bulletin français*, avec le Procès en cour d'Assises du Brabant. In-8°.

Caricatures satyriques sur Badinguet.

De Lamarquerouge. Tyrannie et liberté. Appréciation de la guerre franco-prussienne. Pamphlet, in-16, vignettes-caricatures.

PARIS SOUS LE BAS-EMPIRE

ou

PARIS ACTUEL

Londres. — Imprimerie de Bridges, Oxford-street, 7. W.

PARIS

SOUS LE BAS-EMPIRE

ou

PARIS ACTUEL

NOTES INÉDITES

par Lambert

Élève posthume de Saint-Simon et de Tallemant des Réaulx.

— 1865 —

DEUXIÈME ÉDITION

Considérablement augmentée, avec la *Clef des noms*

LONDRES

LIBRAIRIE ÉTRANGÈRE DE W. JEFFS

15, Burlington-Arcade.

PICCADILLY.

1871

vant de publier pour la France,
pour qui elles ont été écrites,
ces NOTES parues à l'étranger,
qui sont le journal de notre
ignominie et le mémorial des mal-
propretés de l'empire, nous avons à
nous humilier devant le public et à
lui demander un sérieux pardon.

Tout ce que les 7, 8 et 10 millions de OUI ré-
vélés par les différents plébiscites contiennent
d'abject, de scrofuleux et de malhonnête, s'est
acharné à nous accuser de calomnie. Nous venons de relire les épreuves de notre pamphlet ;
nous le comparons aux horreurs que l'empire
nous a fait traverser, au dénouement auquel il

1

nous a conduits, et nous ne savons comment nous excuser d'avoir été si en-dessous de la vérité.

Ce n'est ni intrigants, ni saltimbanques, ni même voleurs qu'il fallait appeler ces gens-là. L'empire n'a jamais été un gouvernement. La sieste odieuse que des ivrognes ont faite pendant vingt ans au premier étage du palais des Tuileries n'a jamais constitué un règne

Non, tu n'entreras pas dans l'histoire, bandit!

a dit Victor Hugo, dans ses immortels CHA-TIMENTS. Il ne restera de toutes ces obscénités morales et politiques qu'une espèce de puanteur imprégnée à nos habits, une sorte de précipité chimique comme qui dirait un verminate d'infamie ou un crapulate de despotisme.

Dans ces conditions, nous nous sommes demandé s'il était bien patriotique de remettre sous les yeux de la nation le diagnostic social de la maladie inavouable qui nous a rongés pendant si longtemps. Ce qui nous décide à le faire, c'est qu'il est intolérable de laisser penser au monde que 38 millions d'êtres humains ont pu vivre pendant vingt ans avec une taie sur les yeux.

Quand on lira plus tard ces aventures de grandes routes qui se sont appelées jusqu'à présent... l'Empire et que les moins nerveux s'écrieront :

« Comment ! les Français ont supporté cet arlequinage plus de vingt-quatre heures ? Comment ! des hommes réputés sérieux ont laissé ce marchand de crayons leur attacher des croix d'honneur sur la poitrine ! Quoi ! il est arrivé un jour que ce Lagingole ayant fait semblant d'aller se mettre à la tête d'une armée qu'il faisait semblant de conduire à la délivrance de l'Italie, le peuple de Paris a dételé les chevaux de sa voiture ! »

Lorsque, après bien des neiges tombées sur les collines, l'aïeul pourra dire à ses petits enfants pâles de surprise :

« Regardez-bien ce vieillard qui se traîne aujourd'hui sur ses tiges ; eh bien ! il fut autrefois parmi ceux qui ont été assez jocrisses pour souscrire à un emprunt décrété par Louis Bonaparte surnommé Badinguet ! »

Lorsque enfin la génération prochaine refusera d'en croire ses oreilles, il me semble consolant que l'histoire puisse répondre :

C'est vrai ! mais lisez les CHATIMENTS, lisez NAPOLÉON LE PETIT, lisez l'ATTENTAT DU DEUX DÉCEMBRE, lisez même PARIS ACTUEL, *Paris sous le Bas-Empire*, et vous reconnaîtrez qu'à travers les pattes sales des Piétri et les geôles des Pinard, l'indignation publique s'échappait et allait recruter au loin des soldats pour la vraie France. Il y avait les morts, les désespérés, les aplatis, mais il y avait aussi les vigilants qui guettaient l'heure et dont chaque coup de pioche, de plume et de révolver élargissait le trou d'où allait sortir la République.

C'était d'ailleurs un fait inéluctable. Il n'y a guère pour les Bas-Empires que trois façons de s'effondrer.

Un révolution militaire ;

Une insurrection du peuple ;

Une invasion de l'étranger.

Toujours prévoyant, Badinguet a choisi la troisième. C'était la plus cruelle pour la France, mais c'était incontestablement la meilleure pour lui. Il aura été le seul, en effet, à ne pas souffrir du siège de Paris.

Car ce cabotin de banlieue n'a même pas eu

le courage de jouer jusqu'au bout son personnage d'empereur. Il écrivait l'autre jour à un
officier anglais une lettre dans laquelle, lui,
qui a livré notre patrie au viol, à l'incendie,
au chapardage et aux canons Krupp, il la plai-
gnait bêtement « d'être tombée dans l'anar-
chie ! »

Son oncle, le Napoléon premier, qui n'était
certes pas de beaucoup moins bandit que lui,
avait au moins su empanacher son effronterie
avec des phrases de ce genre :

« Je désire que mes cendres reposent au bord
de la Seine, au milieu de ce peuple français
que j'ai tant aimé. »

Le neveu en est réduit à calomnier la nation
qu'il avait essayé d'abrutir, comme ces es-
carpes qui, sur les bancs des assises, montrent
le poing à la victime qu'il n'ont pas réussi à
étrangler.

Ainsi ce ruminant que des Morny, des Persigny, des Maupas, des Troplong menaient
brouter aux Tuileries, ne possédait même pas
les qualités nécessaires à son métier. Quand les
pandours qui le tenaient en laisse eurent peu
à peu lâché sa corde et qu'il se vit obligé de

marcher seul, il se montra immédiatement ce qu'il n'avait jamais cessé d'être : une brute....
Voilà ce qu'il fût, pendant vingt ans.
Et maintenant peuples, écoutez.

LAMBERT.

PARIS

SOUS LE BAS-EMPIRE

Paris, ville éternelle! tu es pontificale et abjecte. On te voit tour à tour t'engloutir dans l'énormité terrifiante de Satan et te redresser dans l'immensité radieuse de Dieu. L'archange et l'hydre se confondent dans ta colossale animalité mêlée de spiritualité avec des alternatives de renversement. Ta vaste fange hideuse est semée d'éclaboussures sidérales; la voie lactée jette des resplendissements dans ta nuit. Il y a sous un de tes pied un vague rayonnement de trépied et sous l'autre un vil obscurcissement de tréteau. Tu contiens à la fois la basilique et la sentine. Subur chez toi voisine la roche Capitolienne.

Les sphinx accroupis dans l'avenir proposent sinistrement aux penseurs ton redoutable problême plein de nuit. Toutes les promiscuités engendrées par le bien et le mal font de tels chaos en toi que ton problème se complique des destinées éparses à travers l'universalité humaine. Tu es, à cette heure, une sorte d'incarnation prodigieuse de l'Europe. Incarnation mêlée de gestation. Toute la quantité de corruption latente dans le continent se confond dans tes profondeurs à toute la quantité d'aspirations surgissant de sa vieille âme. Ton sein, éblouissant et sordide, porte le gonflement de deux mamelles, l'une qui est de lait, l'autre qui est de poison. La mamelle de lait élargie dans un resplendissement de blancheur maternelle, est l'abreuvoir splendide des lèvres de l'esprit. La mamelle de poison, pendante dans un flamboiement farouche, est la coupe sinistre penchée vers les lèvres du corps. Sur toi l'ouverture des Olympes fait des élargissements de clarté : sous toi on ne sait quel entrebâillement de lupanar fait des blêmissements de crépuscule.

Ta formidable horreur énigmatique se compose d'apothéose et de fumier ; ta tête s'avance dans des perspectives de clarté, tes reins se dérobent dans des fuites de nuit. Tu as le majestueux élancement d'une théorie séraphique à travers l'espace et le déhanchement lascif des danses corybantesques sur les monts. Ta dextre, levée vers les profondeurs sublimes, semble ébaucher l'ascension vertigineuse de l'idéale échelle ; ta senestre, baissée vers les profondeurs sinistres, semble précipiter sur des pentes d'ombre des écroulements infernaux.

Au bout de la main levée il y a la coupe pleine de ciel où se posent, comme des colombes, les âmes ; Shakespeare, au bout de la main penchée, eut vu le ténébreux chaudron des sorcières de Macbeth.

* Egérie et Canidie. Ce chaudron de Paris d'ailleurs est fournaise. Et la fournaise, bouche qui engloutit et bouche qui vomit, a cette duplicité, l'absorption et la résorption. Penché sur l'obscure et formidable bataille, Paris attise dans les profondeurs pour l'éternel enfantement le monstrueux foyer des dissolutions.

Toutes les faces sinistrement grimaçantes de la laideur, forgées par l'instinct, ce colossal Vulcain caché du masque humain, s'adaptent dans la fournaise aux adéquations de l'idéal infernal. Là s'élaborent les despotismes à face de hyène, les scélératesses à face de tigre, les lâchetés à face de chien, les luxures à face de pourceau. Basile, vague défroque honteuse et couarde, revêt l'informe silhouette fuyante de la calomnie. Tartufe, strabisme, fait d'un louchement la contexture de l'hypocrisie. Vautrin, condensation faciale, sert aux fuites du crime. Et parfois, ces fragmentations de la perversité, tragiquement agglomérées dans une incarnation triomphale, servent à mouler le profil de Lacenaire ou de César.

Toutes les monstruosités, toutes les difformités, toutes les turpitudes, toutes les hideurs, comme des masques de théâtre aux patènes du vestiaire, pendent aux clous de la funèbre caverne Paris, redoutables éventualités d'incarnation. Pourquoi faire? Pour obéir aux providences noires.

Rien ne bouge : immobilité spectrale. L'heure n'est pas sonnée. Tous ces vagues suaires attendent pour se mettre debout et

recevoir leurs incarnations, la mise en demeure sombre du destin : attente pleine d'an-
goisses. Il y a par terre des tas de choses
traînantes qui sont de la vie et des haillons ;
un pêle-mêle de linéaments confus brouille
dans l'ombre où rien ne se voit et rien ne
s'entend, le mystère de ce qui n'est plus et de
ce qui n'est pas encore; des hérissements
tragiques et d'effroyables bouffissures rem-
plissent d'horreur tout cet inconnu épars à
travers le néant. Rien ne remue : tout est
plein de vie. Ce néant tressaille. Ce rien fris-
sonne. Les Caïphes rôdant à travers la nuit
font trembler au passage de leur ombre farouche de vieilles déchiquetures ayant la peur
d'être choisies. On sent dans les linceuls fré-
missants l'épouvante et la honte des Char-
les IX, çà et là répandus dans la possibilité
de l'heure. L'attente des Busiris, des Assué-
rus, des Henri VIII, des Christiern II et des
Philippe II épars dans les mains du destin,
fait bouger à travers des désirs de fuite, ces
tas de vagues défroques obscures qui tantôt
seront des Troplong, des Bazaine, ou des Ba-
roche.

L'horreur secoue ces nippes guettées dans
les ténèbres par les Olivier le Daim, les Tris-

tan, les Lebel, les Letellier, les Père Joseph
et les Dangeau. Le masque redoute la face
et conjecture. Puis l'heure tombe sur ce tas
de fantômes. On voit apparaître la cohue boi-
teuse et louche des Robert Macaire, des Vautrin, des Cartouche, des Rodin, des Scapin,
des Mascarille, des Loyola, des Escobar, des
Richard III, des Shylock, des Cambacérès et
des Dupin. La fraude, le parjure, le vol, le
meurtre, l'escroquerie, rien ne manque pour
faire Mandrin bandit, Borgia pape et Bonaparte César. Surgissement grotesque et sinistre. Hydres et singes. Triboulet met la
mître et Bobêche la couronne. Crispin se
grime en Lycurgue et Pasquin se drape en
Solon. On entend Scapin se nommer sire,
Mascarille est monseigneur. Judas a le sénat
et Barrabas les portefeuilles. Des joues faites
pour les soufflets sont des titres pour les honneurs. Vautrin est juge et Cartouche est préfet. Plus on est marqué à l'épaule, plus on
est chamarré dans le dos. Trestaillon rayonne
et Pancrace resplendit. Les simarres crottées
de boue festoient avec les uniformes poissés
de sang. Toute sorte de risées mêlées à toute
sorte d'horreurs président à Soulouque em-
brassant Schahabaham.

Il arrive parfois que toute cette terrible fournaise sert à autre chose qu'à faire souper chez César Trimalcion, Caïphe et Poppée. C'est, par exemple, quand après les hommes éclatants, elle fait les hommes ténébreux.

César a le banquet, mais Brutus a César.

Sous l'empire on a dit Paris mort.

Paris ne meurt pas. Paris est le colossal et permanent travailleur moderne. Bonaparte III s'explique par Napoléon Ier. La France, ce géant, dormait au lendemain de 1815 ; 1851 lui coupa les cheveux. Badinguet fut le Da-lila de ce Samson.

Aujourd'hui, ce triste *parodieur* du premier empereur, ce banqueroutier a profité de Sedan, cette porte ouverte, pour s'évader, laissant la France ruinée, mais debout, mais régénérée par ses malheurs et ses immenses calamités.

* Depuis quand les acteurs, en France, ont-ils la prétention de ne pas faire bande à part ? Depuis que la Société des artistes dramatiques est déclarée institution d'utilité publique. Singulière famille, à bien voir, étrange réunion d'enfants prodigues de tous les âges ! Quelques-uns vont si loin dans l'habitude de n'avoir rien à eux, que leur sexe lui-même

2

est douteux, tant il se prête au travestisse-
ment! Péché mignon qui, depuis un demi-
siècle, semble servir d'eau de Jouvence à
L..., le meilleur jeune premier de Paris; mais
qui n'a pas rendu le même service à mademoiselle A. A., sociétaire retirée de la Comédie-Française laquelle pourtant pécha de
complicité avec l'illustre mademoiselle R. On
se cotise, entre artistes dramatiques, et le
caissier est assez du métier pour ne pas
s'étonner un seul instant que des actrices sur-
numéraires, c'est-à-dire sans appointements,
versent entre ses mains les plus fortes sous-
criptions. Ni acteurs, ni actrices : tous frères!

Pour éviter que la vieille madame Pernelle
aille finir à l'hôpital, Tartuffe donne jusqu'à
des bals, en annonçant qu'on souscrit chez
Elmire, et il s'y prend de cette façon afin
d'insinuer tout bas qu'on pourra en faisant
danser la grande coquette, tâter l'étoffe moel-
leuse de son habit, sans qu'Orgon ait à se
récrier. Dorine figure également sur l'affiche,
et vous pourrez lui jeter le mouchoir sans
qu'elle consente à s'en faire un fichu. Tant et
si bien que des secours réguliers se distri-
buent aux invalides du maquillage et du tra-
vestissement, mais avec une prudence qui

grève le présent au profit de l'avenir, en gros-
sissant toujours un fonds de réserve relative-
ment considérable.

Toutefois y a-t-il là de quoi déraciner le
préjugé qui, seul, à empêché Molière d'être
de l'Académie française? Ces messieurs et ces
dames ne se sacrifient mutuellement que ce
qui passe par les mains du caissier moralisateur. Gardez-vous bien de leur rappeler, par
exemple, que pas un peintre, pas un sculp-
teur, pas un homme de lettres sans le sou ne
consentirait à ce qu'une représentation s'affi-
chât à son bénéfice. Mademoiselle Schneider,
malgré son équipage et ses diamants, n'y
regarde pas de si près. Beaucoup moins de
talent suffit à d'autres acteurs pour que leur
engagement stipule un spectacle extraordinaire à leur profit. Par ainsi, Christian, Pas-
telot, Tourtois, Faille, Boisselot et mademoi-
Nelly, qui ne perdent pas grand chose à être
peu connus, ont obtenus successivement dans
leurs théâtres respectifs une faveur que ne
dédaignent ni Brasseur, ni Ravel, ni Roger,
ni Tamberlick, ni mademoiselle Patti, lesquels gagnent plus d'argent, à eux cinq, que
tous les directeurs de France, pris en
masse. D'origine, la représentation à bénéfice

récompensait de bons et longs services, à ce point qu'une corbeille ou bien un plat recevait, à la sortie, les offrandes des spectateurs, quoique déjà ils eussent payé leurs places. Seulement je doute que mademoiselle Laguerre, qui étalait au XVIII° siècle un faste de fermier général, osât montrer, ainsi qu'une mendiante, la paume d'une jolie main que les baisers enrichissaient assez. Aujourd'hui le plat, dira-t-on, ne paraît plus, et je conviens de ne l'avoir presque jamais vu; mais la quête a changé de forme, sans préjudice de l'augmentation que le prix des places subit souvent. Tout bénéficiaire fait offrir aux habitués notables du théâtre, et dans maintes circonstances aux ambassadeurs, aux ministres, à l'Empereur lui-même, des coupons de loge, qu'on ne prend pas souvent, mais qui toujours provoquent des gratifications. N'étais-je pas encore assez naïf, il n'y a pas longtemps, pour m'étonner qu'une maison, située place d'Angoulême, appartînt à un comédien qui néanmoins, en prenant sa retraite, demandait son pourboire traditionnel au bon public! La Comédie-Française recevait, ce soir-là, les adieux de Maillart, encore jeune bien que depuis longtemps sociétaire. C'est un fort honnête homme que Maillart, je n'en doute pas; mais il se fût retiré sans dire adieu, qu'après lui nul n'aurait couru. Eh bien! laissez-moi vous apprendre que ce comédien, le jour de son départ, pour la première fois a fait recette : il était temps. O succès d'égoïsme!

Les comédiens prennent au sérieux leurs droits à des faveurs. N'attendons plus de ceux qui sont trop payés qu'ils s'en excusent, comme par le passé, en nous disant : — Comptez-vous donc pour rien qu'on puisse nous le reprocher en face?

Ils n'entendent pas mieux raillerie, une fois réunis en corps, sur le chapitre de la moralité. Aurélien Scholl en a su quelque chose.

Que si les acteurs ont à se plaindre d'un préjugé qui reste défavorable à leurs nouvelles prétentions, est-ce à dire que les spectateurs, de leur côté, aient été toujours encensés? On a demandé plus d'une fois de combien de sots se compose le public, et voulez-vous savoir comment Scarron a osé traiter le parterre? « C'est le rendez-vous, disait-il, des filous et de toutes les ordures du genre humain. » Donc la moralité n'est pas mieux réfléchie au delà qu'en deçà de la rampe. Rions-en plutôt que de nous en fâcher.

Bolle-Lassalle

Taylor

Un sieur B. L., qui m'a l'air d'un bon juif, sert honnêtement de caissier à l'Association des artistes dramatiques et à plusieurs sociétés du même genre; mais il n'est que l'agent salarié du baron T., grand moralisateur, qui s'arrange bien aussi pour imiter le prêtre en ce que le prêtre vit de l'autel. Le baron a presque dicté à Eugène de Mirecourt sa propre biographie, qui a paru dans les *Contemporains;* en revanche, il n'a rien écrit ni dessiné lui-même de ce qui lui a fait une réputation d'archéologue, avec laquelle il est entré en philanthropie tout de go, à beaucoup moins de frais assurément que s'il fût entré en religion. Commandeur de tel ordre, officier de tel autre, il figure également au nombre des chevaliers de la rosette. Un valet de chambre, qui n'en pouvait douter, a introduit sans le moindre scrupule plus d'une jolie femme chez son maître, alors qu'il était moins cassé que présentement : par exemple, il n'ouvrait la porte à aucun homme plus jeune que Dauzats, moins scrofuleux que Bellel, sans crainte de se voir supplanter dans une

place de confiance comme on n'en retrouve
pas partout. Le baron, s'il flairait un collabo-
rateur, n'en voulait pas reculer la visite ; mais,
avant qu'on ne fit entrer cet inconnu, papiers
et livres s'étalaient avec art pour cacher le
désordre d'un lit habitué aux plus grasses
matinées, et l'ingénu était toujours confus de
déranger le savant dans un travail qui paraissait toujours commencé de la veille.

* Plus d'un autre écrivain, ma foi, aussi
connu que le baron, pourrait être non moins
défié d'entrer en loge pour en sortir avec de
la copie. Par exemple : le père Delamarre,
de la *Patrie ;* Polonnais, de la *France ;* Ga-
briel, vaudevilliste ; Dunan-Mousseux, vaudevilliste, journaliste et marchand d'habits ;
Leroux de Lincy, archéologue ; Millaud,
journaliste, vaudevilliste et banquier ; Mirès,
ancien compère du précédent ; de Villemes-
sant et Legendre, du *Figaro*. Rien de plus
anonyme que ce qu'ils signent tout seuls ;
toutefois ils ont pu en indiquer le sujet au
pauvre diable qui l'a traité pour eux.

* Le docteur V., malheureusement pour
lui, ne se contente pas de signer. Il com-
mence par dicter, c'est encore pardonnable,
puisque son secrétaire corrige ; mais il com-

met une faute bien plus grande, en se réservant le droit de revenir par-ci par-là, sur les épreuves, à la version orale. Par conséquent, le docteur a un style, dont vainement Malitourne a tenté de le purger et qui l'apparente à la fois avec M. Prudhomme, avec Jocrisse, avec M. de la Palisse. Sa seule vertu consiste à ne jamais écrire en tête-à-tête avec son encrier. Il ferait même meilleur marché qu'on ne croit de sa littérature quelque peu politique, mais plus souvent anecdotique, si elle ne flattait pas constamment sa marotte d'avoir eu, en affaires, la main toujours heureuse. V., en effet, s'est élevé fort au-dessus de l'état de boucherie que tenait sa sœur, et il a toujours refusé de recevoir dans sa voiture un frère cadet dit Regnault, qui lui servait de commis dans l'exploitation de la *pâte Regnault*, avant d'être mieux casé dans les tabacs. Mais s'il a joué de bonheur à l'Opéra, en qualité de directeur, c'est que M. Meyerbeer a prêté 100,000 francs pour y monter *Robert le Diable*, qui n'a vu le jour qu'à ce prix. En quittant cette direction, V. disait : Je suis millionnaire!... Malheureusement le tambour n'était pas trop loin de la flûte ; les revenus du rentier se laissaient surmener par des attelages, par le café de Paris, par une grande tragédienne et par d'autres étoiles, moins brillantes, mais aussi peu fixes. L'ancien *impressario* payait d'audace, décidé qu'il était à mener jusqu'au bout le même train de vie ; néanmoins en dinant un soir avec E. A., au café de Paris, il laissa échapper ces mots : Si je ne réussis pas à me faire élire député, au premier renouvellement de la Chambre, mon cher E., je me brûle la cervelle... Cette candidature politique du désespoir n'avait alors aucune chance de succès ; il fallait un miracle pour la faire réussir, et la révolution du 24 février 1848 en fut un pour l'ami E. A. Comme le bienheureux docteur avait antérieurement acquis, à un prix raisonnable, la gérance d'un journal, il profita de l'accroissement d'influence inhérent à cette position pour se faire nommer représentant du peuple, et puis, avec une habileté qui fut pourtant mal appréciée par les actionnaires de sa feuille, il sut se réaliser d'énormes bénéfices en aliénant tous ses droits sur celle-ci. Depuis que sa bonne étoile à lui sur ce coup de maître, V. est riche *Véron.* pour tout de bon ; il peut impunément recevoir à sa table Sainte-Beuve, l'exigeant parasite, qui dine aussi chez la princesse Ma-

Bélia

thilde. Aussi bien mademoiselle B., de l'O-
péra-Comique, ne se gêne guère pour lui faire
dégager du Mont-de-Piété ses diamants, à
chaque reprise du *Domino noir*, de *Lalla-
Rouck* et de plusieurs autres pièces du réper-
toire.

Sual

* Au même théâtre que mademoiselle B.
est attachée mademoiselle T., une jolie femme,
qui fait très-bien de chanter sans prétention.
Elle fait encore mieux chanter une autorité
financière, qui gouverne sous le nom de F.

Fould
Girard

* Et vous, mademoiselle G., serez-vous assez bonne pour me permettre d'emprunter aux
échos du Théâtre-Lyrique et de l'Opéra-Comique de légères indiscrétions qui ne vous
sont pas étrangères? Si je porte à l'avoir de
votre petit cœur l'acteur G., qui jouait les
pères nobles, le directeur C. et le librettiste
I., c'est uniquement pour que vous me sa-
chiez un chroniqueur bien informé.

Marimon

* Jusqu'ici on pose *zéro* à l'actif de made-
selle M., la meilleure élève de Duprez; mais
de Paris à Lyon, de Lyon à Paris, elle est
suivie par un adorateur, dont la stature et
l'encolure se remarquent, et il se contenterait
du bon motif.

* On attribuait tout autant de vertu à la

célèbre mademoiselle R., alors que sa répu- *Rachel*
tation commençait au Théâtre-Français. Par
malheur, peu de temps après, le docteur V. *Véron*
sayait à quoi s'en tenir : il n'en laissa pas
moins courir le bruit que son crédit venait de
lui faire obtenir ce qu'un petit manant avait
eu réellement, à Lyon, pour un sou de
pommes, plusieurs années auparavant. Mademoiselle R., de plus, se partageait entre ce
galant d'un âge déjà mûr et un plus galant
conducteur des messageries Laffitte et Cail-
lard.

* Le cœur de la même femme, un peu plus
tard, semblait appartenir exclusivement au
comte W. Mais un méchant acteur du nom *Walewski*
de S., qui joue encore la comédie, avait dit : *Ischey*
— Part à deux !

* Il est vrai que le comte avait une autre
maîtresse dans mademoiselle A. A., qui ne
s'en consola qu'en occupant auprès de sa ri-
vale la place de l'infidèle amant. W. faisait
jouer en ce temps-là, sur la scène de la rue
de Richelieu, une mauvaise pièce en 5 actes,
dans laquelle tous les personnages chan-
geaient de toilette plusieurs fois par heure,
absolument comme l'auteur de l'ouvrage.

* Quelquefois même la tragédienne illustre

ne se contentait pas d'un seul amant de cœur. A. B., le père d'un de ses enfants, n'eut-il pas jusqu'à une doublure? Sans jeu de mot, c'était un *calicot*. Que serait-ce donc si nous portions en compte les caprices de mademoiselle R., et les audiences qu'elle donnait dans sa loge, un peu avant le lever du rideau, pour se mettre en train, disait-elle?

* Plonplon, son dernier protecteur, ne la gênait en quoi que ce fût. Elle avait donc donné près de sa personne l'emploi des grandes utilités à C., qui le remplissait déjà et le remplit toujours à la Comédie-Française. Le départ héroïque de Plonplon pour la Crimée eut lieu pendant que mademoiselle R. donnait encore des représentations en Russie, avec une troupe ambulante. Une promotion prématurée, qui ne pouvait être due qu'à l'amour, avait fait C. premier sujet de cette troupe. Mademoiselle R., qui s'étonnait encore de ce que Plonplon voulût tâter de la gloire militaire, apprit bientôt qu'il avait la colique et qu'il se disposait, sous ce prétexte, à regagner la France; c'est alors qu'elle dit à C. : — A la bonne heure! je reconnais là mon gaillard. Toutes les émotions trop vives lui produisent le même effet!

* Pauvre Plonplon ! il a de tout essayé : galanterie à grandes guides, petits soupers on ne peut plus Régence, archéologie, beaux-arts, industrie, diplomatie, politique, éloquence, et autant de coups d'épée dans l'eau ! Il était l'héritier présomptif d'un cousin, qui venait d'épouser une femme incapable de le rendre père, et pourtant il arrive un jour où la naissance d'un garçon renverse de si belles espérances. Douter est souvent le plus sage, en ce qui regarde la paternité, dont la recherche est interdite en France ; mais pour cette fois, par extraordinaire, la vraie mère est seule inconnue. On promet à Plonplon, pour qu'il en garde le secret, de lui faire faire un excellent mariage.

* Heureux père de cet enfant, Badinguet tient parole à son cousin. Mais le beau-père de ce dernier exige tant d'avantages pour lui-même, avant et après le mariage, que Badinguet finit par se fâcher. Son brutal de cousin montre de nouveau les dents ; il va jusqu'à dire : — L'enfant est de toi, c'est déjà un progrès, car tu n'es pas le fils de ton père.... Le fait est que Badinguet ressemble comme deux gouttes d'eau à V., le marin hollandais. *Verhuell* Mais comme il n'est pas toujours bon de laver son linge sale en famille, les deux cousins auront beaucoup de peine à se raccomoder tout à fait.

* Madame Badinguet, qui connaît deux manières de faire fausse couche, avait D. pour médecin, étant demoiselle, et ceux-là mêmes qui lui reprochaient alors beaucoup trop de désinvolture, étaient forcés de lui reconnaître des charmes. Or, avant de mourir, D. n'avait pas craint de faire l'aveu que voici : — J'en ai toujours compté à mes clientes, pourvu qu'elles en valussent la peine, et c'était ma meilleure façon de les soigner. Je veux dire, la main sur la conscience, que je n'en ai presque pas trouvé de rebelle à cette médication, qui m'a valu toute ma réputation.

* Quant à la mère de madame Badinguet, n'a-t-elle pas été du dernier bien avec P. M., qui aujourd'hui siége au Sénat ? Un charmant écrivain, du reste !

* La princesse M. est grande avec Sainte-Beuve, qu'elle reçoit périodiquement, qu'elle a fait nommer sénateur. Il est vrai que cet obligé portant perruque la traite de grande artiste, dans une biographie, où il la prend sans doute pour M. de N., familier le plus assidu de la maison. La familiarité de l'artiste favori s'est

cru permis jusqu'à des coups de cravache,
qui ne dispose que mieux la princesse à goûter les aménités peu désintéressées du protégé
crasseux. L'intimité ne l'avait pas mieux
traitée de la main droite que de la main gauche, cette femme si haut placée, car son mari
avait donné l'exemple trop suivi par M. de N.
Quant à ses libéralités, elles ne rayonnent
autour de son château de Saint-Gratien que
dans un cercle singulièrement restreint. La
princesse n'a-t-elle pas pris, un beau matin, à
l'établissement thermal d'Enghien, un bain
qui ne lui a coûté, fleurs, aubade, cantate et
service compris, que 50 centimes de pourboire? La cantate valait pourtant mieux, à
elle seule, que l'éloge signé Sainte-Beuve.

    * La princesse de S., l'Égérie d'Aix-les- *[de Solms]*
Bains, se montrait beaucoup plus sensible
aux charmes de la poésie, bien qu'elle eût *[Alf. de Musset]*
déjà l'oreille dure. A. de M. et F. P., en *[Ponsard]*
s'élevant tour à tour au niveau de son infirmité, lui ont dit si haut : *Je vous aime*, que
l'écho le redit encore au bord du lac du Bour-
get. Un roi lui-même, Victor-Emmanuel, ne
fit-il pas comme l'écho? Quel malheur pour
Aix-les-Bains que madame de S., mainte-
nant R., subisse les rigueurs de l'exil pour *[Ratazzi]*

Schneider

avoir diffamé M. Tailleur. Ce père, qui au lieu de recourir deux fois à une agence matrimoniale, a donné pour épouse sa fille naturelle à son fils légitime, n'est pas qu'un personnage idéal; son nom traduit en allemand, est celui d'un haut personnage aux services duquel tient l'empereur des Français, et le roman allégorique n'a servi de vengeance à la princesse qu'en entrainant les plus sévères reprises. Elle et la roulette sont deux pertes trop rapprochées l'une de l'autre, pour la ville d'eau dont nous parlons.

* Si le roi d'Italie a perdu la Savoie, les compensations ne lui manquent pas, sans compter que son gendre sait tout faire, voire même de la démocratie. Quant aux journaux de toutes nuances qui servent Victor-Emmanuel, ils sont subventionnés par son gouvernement, sans la plus petite exception. Exemple : le *Journal des Débats* reçoit par an ses 80,000 livres italiennes. De plus les journalistes demandent et obtiennent force rubans verts.

Ernest Legouvé

Samson

* E. L. est parvenu à en faire mettre un rouge à la boutonnière de S., dès qu'il a cessé d'exercer la profession de comédien. Il y a là évidemment de quoi consoler l'ombre de Talma. Mais E. L., qui de naissance est le

poëte des femmes, ignore certainement que
madame S., qui s'était mariée avec S. bien
qu'enceinte des œuvres de F. L., mourut plus
tard épileptique en se plaignant des mauvais
traitements du comédien, et que madame C., *Corillat*
sa belle-mère, se suicida pour en être déli-
vrée.

* Pas de souvenir accordé à ces deux malheureuses dans la biographie de S. Seulement
voulez-vous savoir pourquoi S., sociétaire de
la Comédie-Française, a été si fort ménagé
par Eugène de Mirecourt, dans les *Contem-*
porains? C'est que l'Israélite V., secrétaire *Verteuil*
de l'administration du même théâtre, avait
fourni les premiers fonds pour ladite publica-
tion, à une époque où la magistrale influence
de S., à la Comédie-Française, ne l'autorisait
guère moins que s'il eût été directeur.

* Quelle lacune se trouve également dans
toutes les notices consacrées au maréchal de
S.-A. Il s'agit pourtant d'une scène qui se *St Arnaud*
passa aux Tuileries. L'empereur y confiait
un jour au général C. que dans son propre *Cornemuse*
secrétaire, il manquait 200,000 francs depuis
la veille, et que pareil déficit ne se produisait
pas pour la première fois; le général sans per-
dre une minute, en allait avertir le maréchal,

3.

qui lui demanda : — Soupçonnez-vous quelqu'un ? — Oui, monsieur le maréchal, dit-il ; quelqu'un qùi ce matin, a attendu l'Empereur dans son cabinet de travail. — Prenez garde, reprit S.-A. ; on peut bien y avoir introduit beaucoup de monde. — Deux personnes seulement, ajouta C., et comme je suis la seconde, je ne veux pas qu'on puisse me soupçonner d'une discrétion intéressée.

Le soir même un duel aux lanternes eut lieu dans le jardin réservé du palais, entre le maréchal et le général, ce dernier y perdit la vie ; le vainqueur y gagna tout de suite le commandement en chef des troupes de Crimée.

— A. D., l'élégant peintre de chevaux, ne se tira pas mieux d'une autre affaire d'honneur, qui ne fait tout au plus honneur qu'à la bravoure du colonel F. Était-ce pour le portrait de Napoléon III, fait par D, en 1853, ou bien en raison d'autres travaux, que F. avait reçu 20,000 francs, avec ordre de les lui remettre ? Toujours est-il que n'en ayant pas touché plus de la moitié, l'artiste réclamait le reste. De là le différend.

* Vers le même temps, ce colonel rendait à Badinguet un genre de service que Louis XV attendait seulement d'un valet de chambre,

qui se nommait Lebel. Un jour que mademoiselle C., des Variétés, devait jouer au *Constance*
pied levé le rôle de sultane favorite, sous les
auspices dudit eunuque, force fut au dernier,
moment d'y renoncer : l'émotion de mademoiselle C. était si vive qu'elle lui tenait lieu.
de purgatif. Ce contretemps ne priva pas la
belle d'une indemnité de déplacement ; mais
ordre avait été donné, en raison de sa position particulière, de ne la payer qu'en papier.

 * Citons aussi madame D. parmi les femmes *Doche*
de théâtre qui eurent successivement les honneurs du mouchoir, avant M. B., avant C. M. *mary Bellanger*
Plus exigeante ou moins indemnisée que *C. Mlle Montellant*
toutes les autres femmes qui étaient intro-
duites sous les mêmes auspices dans le même
pavillon, elle en sortit de massacrante hu-
meur. Le lieu même réveillait peut-être quelques souvenirs entraînant une comparaison,
et le fait est que le duc d'Orléans, un amant
d'autrefois, n'avait pas eu grand'peine à se
montrer plus tendre que l'expéditif Badinguet. L'aide de camp de ce dernier, lorsqu'il
reparut chez l'actrice, fut reçu avec un sans-
façon qui n'excluait la crudité ni des calem-
bours ni des gestes. — Voilà pour vous, finit-
elle par lui dire, en exhibant ce qu'elle appe-

lait une raie, et si vous voulez voir un autre poisson de table, qui s'accommode à la maître-d'hôtel, regardez-vous dans une glace. — Décidément nous avons eu affaire, s'écria l'autre, à une ancienne poissarde.

* Or le père de madame D. descendait d'une noble maison d'Irlande, dont une branche, établie dans les Flandres, avait servi l'Autriche avec distinction et donné un député aux États de Hainaut, le major P. de R. Néanmoins une fripière de Bruxelles donna le jour à madame P., chez laquelle on jouait rue Laffitte, à Paris, pendant qu'elle élevait trois enfants, dont l'un devint madame D.

* Feu D. remplissait les fonctions de chef d'orchestre, au vaudeville, et sa femme était pensionnaire du même théâtre au moment où se prononça judiciairement la séparation des époux, forcés de se retrouver face à face tous les soirs comme s'ils étaient étrangers l'un à l'autre. La femme en riait sous cape ; mais le mari ?.......

* Une sémillante danseuse de l'Opéra, mademoiselle P., sœur de madame D., ne parvenait-elle pas à dérider le front soucieux du général Cavaignac, lors même qu'il était chef du pouvoir exécutif ?

* Un original, le baron C. de L., qui de-*Couet de Lory* meurait alors au-dessous de madame D., dans une maison de la rue Neuve-des-Capucines, payait secrètement de singuliers services à la femme de chambre de sa voisine. Cette fille, en faisant le lit de sa maîtresse, recueillait tous les petits cheveux qu'elle y trouvait, et le monsieur en faisait collection. Rarement la récolte faisait faute; mais il fallait qu'on la passât au crible, quand l'ivraie masculine se mêlait au bon grain. Pour la chute de ce genre de feuilles, l'automne jamais ne finissait. La chambrière en vint malheureusement à se laisser surprendre par madame D., qui, d'un petit salon contigu, la voyait se pencher sur les sillons du drap de dessous, et puis former de son étrange moisson une petite mèche. Les aveux de la coupable ne l'ayant pas sauvée, comment ne pas se venger d'une disgrâce qui la mettait sur le pavé? Elle prit congé du voisin en lui disant que l'étage supérieur ferait bien de recourir à la pommade du lion. Eh bien! l'original collectionneur est mort avant de s'être séparé du fameux bouquet, qu'il montrait à tous ses amis, mais qu'il ne se flattait pas d'avoir cueilli lui-même. Les héritiers aimaient

assez qu'on se le disputât aux enchères ; mais c'était surtout un souvenir précieux et rare pour l'adjudicataire réel, qui se cachait derrière un mandataire, et madame D. elle-même était cet adjudicataire.

* Même en plein jour, vous trouverez de quoi rire au théâtre du Palais-Royal, quand vous y voyez les trois sourds qui font partie de l'administration. Ce sont : Plunkett, l'un des deux directeurs ; Pélissié, sous-secrétaire, et Laurent, caissier du théâtre. Si l'on crie fort, ils finissent par entendre. Mais lorsqu'aucun témoin ne les gêne, ils préfèrent se parler par signe. Leurs trois cabinets sont placés du côté de l'entrée du public ; sans cet éloignement, toutes les représentations seraient troublées par des éclats de voix qui, à la longue, fatiguent énormément les oreilles tendres. Puis, que de quiproquos sont dus à cette triple infirmité : coïncidence et conséquence qui égaieraient le public et feraient recette !

* Ce théâtre, où les directeurs font leurs affaires, est bien plus petit que ceux où l'on se ruine. Pourquoi donc les proportions des nouvelles salles s'exagèrent-elles de plus en plus ? Passe encore si le prix des places se modifiait en sens inverse. C'est surtout pour les riches

qu'on bâtit aujourd'hui, même quand il s'agit
d'un théâtre du drame ; c'est pour eux qu'on
ménage jusqu'à des escaliers particuliers, dans
les dispositions du nouvel Opéra ; pour eux
qu'on établit des loges à salon, inaccessibles
aux regards des curieux qui circulent dans le
corridor. Remarquez pourtant que l'annexion
d'un petit salon, éclairé comme par une veil-
leuse et toujours garni d'un divan, rendait
énormément utile, au point de vue des mœurs,
la conservation d'une lucarne par loge, qui ne
subsiste plus que dans les anciennes salles.
La baignoire souriait aux amoureux timides ;
mais la loge à salon les enhardit par trop.
Chaque fois donc que le baron H. disparaît, *Haussmann*
au lieu d'apparaître, dans une loge du Théâtre-Lyrique, il faut bien le croire enfermé
avec une actrice du Vaudeville, mademoiselle
F. C., laquelle perçoit de seconde main tout *Cellié*
son traitement de sénateur.

   * Aussi bien pour un grand acteur, il y en
a tant de petits, au positif tout comme au fi-
guré ! Leur voix grêle se perdra dans les salles
gigantesques, et pour y arpenter la scène ils
cacheront tous des échasses dans leurs bottes.
C'est au Palais-Royal que devraient signer
un engagement à vie : Gil-Pérès ; Saint-Cer-

main, Grenier, Raynard, les frères Lyonnet,
Aurèle, Jourdan, Troy, Duprez fils, Mon-
rouge, Paul-Laba, Laute, Lacroix, Paulin-
Ménier, Bousquet, Machanette et d'autres
lilliputiens de la scène, parmi lesquels il se
trouve des bossus, tels que Poulet, Rubel, Col-
brun, et des poussahs, dont Josse donne le type.

Et les juifs? On en compterait une douzaine
dans le personnel dramatique. Rien que dans
les silhouettes de l'Opéra-Comique, combien
de profils hébraïques! Prilleux, Crosti, Na-
than et Palianti, côté de la barbe; Cico, Bélia, Girard, Galli-Marié et Tual, côté de la
gorge, et ce n'est pourtant pas par là que Cico
et Galli-Marié se distinguent de Montaubry.
J'en passe, au reste, sans pouvoir dire que ce
sont des meilleurs. Mais où l'israélite foi-
sonne principalement, c'est sur l'estrade des
salles de concert. L'Allemagne envoie maintenant en France tout autant d'artistes d'élite
qu'il en faut dans le monde entier pour com-
poser toute la musique nouvelle et pour exé-
cuter tous les chefs-d'œuvre qu'elle ne fait
pas oublier; sur cinq de ces Allemands, géné-
ralement si dignes d'un bon accueil, il y en a
souvent quatre de juifs.

La statistique n'en trouverait pas tant

dans les rangs de la littérature française. Toutefois voulez-vous des noms? Léon Gozlan, Nuitter, d'Ennery, Paul Foucher, madame Victor Hugo, Millaud, Mirès, Pauchet, A. Crémieux, Desolme, Commerson, les Halevy, Cerfbeer, Lambert-Thiboust, Marc-Fournier, Lireux, Marc-Monnier, Marc-Michel, Marx, Léo Lespès, Jubinal, Cohen, Pollonnais, Schiller, Couailhac, Siraudin, Nérée Desarbres, Choler, Anicet-Bourgeois, Blum, Abraham, Scholl, Zaccone.

* Le plus hardi et le plus convaincu des enfants de Juda est Alexandre Weill, qu'on rencontre souvent avec une marchande de modes, qui est sa femme. Les deux époux se trouvent tout aussi beaux et tout aussi jeunes l'un que l'autre. Journaux et livres, par exemples, leur rapportent beaucoup moins que les chapeaux.

* Victorien Sardou, lui aussi, peut fort bien appartenir à la tribu d'Israël, ainsi que sa femme, née Léon, qui a d'abord fait avec lui du spiritisme et maintenant collabore à ses ouvrages dramatiques. Trouverait-on, la liste fût-elle complète, deux plus beaux noms que Gozlan et Sardou, pour l'ouvrir et pour la fermer?

*Ce qui n'a pas empêché Léon Gozlan, pendant la République, de donner des leçons de littérature française aux jeunes pensionnaires d'un couvent.

*Les juifs moins lettrés sont plus riches. Voyez plutôt G. et sa femme, qui trônent presque toujours à l'Opéra et aux Italiens, dans une première de face, et qui, tous deux portent de gros diamants, à m'en dégoûter tout à fait. Faut-il que l'on soit indulgent pour échanger avec eux des poignées de main, voire même des saluts! Les millions de G. étant d'origine russe, il ne peut plus remettre les pieds en Russie, où son absence fait vivement regretter que les condamnations prononcées en police correctionnelle n'entraînent pas le droit d'extradition. A Paris tout le monde est chez soi. Y demande-t-on jamais à l'opulence d'où elle vient, si l'on sait où elle va? M. et madame G. reçoivent magnifiquement le monde officiel; le ministre A. F. est de leurs amis, et le maréchal M., avant de mourir, a marié son fils avec leur nièce, à cause de la dot. *Proh! pudor!*

*Une autre figure originale était celle du docteur K., né dans la même religion que le financier d'exception à qui nous venons de

signer un passeport pour la postérité. Mais
K., conseiller aulique du roi de Prusse, avait
un peu de tout, voire même un peu de méde-
cine. Des relations diplomatiques lui valaient
assez d'autorité pour forcer la porte de tous
les salons parisiens. On le recevait toujours
une première fois sans se rappeler qu'on
l'avait engagé; puis il devenait l'ami de la
maison. C'est assez dire qu'il était homme
du monde. Il avait à son tour ses jours de
réception, et si vous répondiez à son appel,
vous passiez la soirée en bonne compagnie,
avec le prince de Talleyrand où M. de Hum-
boldt, ou bien la veuve de Benjamin Constant
pour doyen d'âge. Ah! par exemple, dès
qu'on tombait malade, arrivait le docteur allemand. Il prodiguait à titre officieux des
avis, qu'on suivait ou qu'on ne suivait pas, et
il revenait quand même, avec assiduité, tant
que la guérison se faisait attendre. C'est
ainsi que K. sillonnait en voiture le pavé de
Paris, sans trêve ni merci, pour visiter tous
les jours cent malades, qui gardaient presque
tous un autre médecin de leur choix, mais
qui recevaient avec attendrissement les con-
solations d'un ami prévenant, savant et
homme d'esprit. En cas de mort, l'ami chan-

geait de ton immédiatement avec les héritiers ; il leur présentait la note rétrospective
des visites qu'il avait pu rendre, y compris
celle du premier de l'an. K. n'en faisait ni
plus ni moins, le lendemain du jour où Marie
Duplessis, femme galante, encore jeune, avait
fermé les yeux.

* Cette cliente malgré elle de K. avait vécu
pendant un certain temps avec A. D. fils, le-
quel avait trouvé en elle-même sa véritable
Dame aux Camélias. Évidemment le poëte
n'a jamais soupçonné que la muse de sa jeunesse faisait une enseigne lucrative des fleurs
dépourvues de parfum qu'elle portait sans
prédilection. A l'époque où Marie Duplessis
florissait, on l'apercevait tous les soirs dans
quelque loge d'avant-scène, avec un bouquet
blanc ou rouge. Le rouge voulait dire : Je ne
suis pas enceinte, j'en ai la preuve. Et le
blanc : Je suis libre pour la nuit.

* On croit que madame K., avant de se
marier, fut servante d'auberge et actrice en
Allemagne. C'est sans doute trop de la moitié. La bonne contenance qu'elle gardait toujours à l'Opéra, aux Italiens, au bal, sous les
rivières de strass dont elle s'inondait, nous la
fit d'abord prendre pour madame Bourgui-

gnon ou pour madame Ruolz. Chaque fois
qu'on trouvait chez M. de Rambuteau, le
lendemain des bals, un collier de perles
fausses ou une broche en doublé, on faisait
remettre l'objet chez madame K., suivant
l'ordre exprès du préfet, avec des précautions
d'autant plus délicates qu'elle ne l'avait pas
réclamé. On lui faisait la cour, pour être pré-
senté dans les meilleures maisons où elle allait, et pour obtenir une place dans les nom-
breuses loges qui ne lui coûtaient rien.

 * Du reste, elle avait de jolies dents, assez
de gorge, la langue bien pendue; toute sa
petite personne était d'une pétulance à ne
s'endormir ni sur les marguerites cueillies au
printemps, ni sur la rhubarbe conjugale : on
pouvait l'aimer pour elle-même. Le marquis
H. de la C., qui fut assez longtemps son ca-
valier, resta toutefois à l'état de soupirant. Si
la porte dérobée lui avait résisté, il avait vu
s'ouvrir à deux battants celle du grand escalier, et l'estime lui faisait les honneurs du lo-
gis, comme l'avant-coureur d'un sentiment
plus tendre. Loin que le mari fût jaloux, il
sortait la plupart du temps en laissant sa clef
sur la porte, de sorte que si les domestiques
s'absentaient en même temps que leur maî-

4.

tre, on entrait sans sonner et sans être an-
noncé. Le marquis ne s'en fit pas faute, un
beau matin, où il apportait à la hâte une lettre
de recommandation, que madame K. lui avait
demandée la veille en faveur d'un de ses pro-
tégés, surnuméraire dans un ministère. Il
s'arrêta au seuil de la chambre à coucher, en
craignant qu'il n'y fît pas jour; mais ayant
entendu parler, il avança résolument. Un
spectacle imprévu le fit soudain reculer! Au
lieu d'une toilette en désordre, et l'heure ma-
tinale n'en justifiait pas plus, il venait d'en
surprendre deux, et la moins débraillée encore se trouvait celle du jeune surnuméraire
en tête-à-tête, avec sa protectrice! Le plus
confus des trois fut l'importun, qui s'esquiva,
avec l'intention généreuse de faire comme
s'il n'avait rien vu. Son embarras recom-
mença pourtant aussitôt qu'il rencontra en
ville madame K. qui essaya de s'excuser, et
il ne put s'empêcher de lui dire : — Mais,
madame, pourquoi donc pas moi? — C'est
que je tiens trop à mes amis, répondit-elle
avec une modestie qui valait bien l'absolu-
tion !

  * Infortuné marquis! Il était encore d'âge
à plaire; il avait un teint frais et rose, des

yeux vifs, des cheveux conservés, et de bonnes
dents pour mordre à la pomme; mais on le trouvait déjà mür, déjà père noble, avant son mariage, parce qu'il était doué d'un embonpoint
qui annonçait l'obésité prochaine. Il mangeait
trop pour inspirer de l'amour!

* Faut-il donc bien qu'un homme à bonnes
fortunes, dans un pays où le ventre fait déro-
ger, ressemble à L. E., le fécond auteur d'un *Louis Enault*
tas de livres qui font vite oublier leurs titres?
Le gaillard passe à juste titre pour laid, quoique assez grand et d'assez bonnes manières;
nous croyons de plus qu'il se gorge de thé,
car sa face en a la couleur et son genre d'esprit l'arrière-goût, sans l'arome. Son cher
ami Vapereau fait naître L. E., en 1824;
quelle adulation! Passe encore s'il s'agissait
de madame L. E.; mais il y a du cosaque
dans son mari, et du 1815 ou 1814.

* Ce n'est pas l'embarras, d'autres manda-
rins lettrés, parmi ceux que les femmes à tort
ou à raison passent pour aimer, paient encore
moins de mine que le précité — J. R., dit
J. de P., aurait les jambes plus longues que
le public ne s'en serait pas plaint, quand il
jouait les jeunes premiers sur les plus petites
scènes de Paris. Une femme ne l'en a pas

moins tiré de là, pour le débarbouiller autant que possible. Comme il y a des femmes malheureuses !

* Parlez-moi de ce blond fadasse, qui se rengorge, en mangeant depuis dix années, au café de Foy, la rente que lui a léguée la jeune et tendre madame de L.! C'est D., le sigisbé par excellence ; les maris courent après lui, aussitôt qu'un aventurier, incapable de persévérer, menace de compromettre leur femme en quelques jours. Le sigisbé est encore plus marié que les deux autres, dans un ménage à trois : la séparation de corps est moins possible avec lui que sans lui.

* Est-il rare, par le temps qui court, qu'on ne rougisse pas de faire son chemin par les femmes ? Tous les roués d'à présent se le sont plus ou moins permis. Nous en connaissons quatre qui, pour s'aider à vivre, ont oublié l'âge de certaine douairière, qui donnait de jolis bals, la baronne de G., et tous les quatre ont dû se rencontrer chez elle. L'un se faisait appeler B. de W. : on le croit directeur actuel d'une correspondance politique. Un autre est S., que les beaux yeux de sa sœur ont recommandé depuis à un ministre, qui l'a pour secrétaire général. Un troisième, le comte

dé C., en vint à se conduire de telle sorte *Coral*
qu'on le raya du tableau des avocats; mais il
n'était déjà plus temps pour le marquis d'A., *Audiffret*
un très-haut fonctionnaire, de lui refuser la
main de sa fille : de là un fonctionnaire de
plus, sans compter une génération nouvelle,
qui ne sera pas moins à la charge de l'État.
Un autre enfin, le nommé B., eut moins de *Bordoneuve*
chance en quittant la baronne, qui ne trouvait
pas les premiers plus honnêtes : c'est en police correctionnelle qu'il a payé alors de sa
personne.

  * Un autre sieur B., qui a emprunté le
nom de L. à sa ville natale, doit presque tout *Ballery qui a 2*
le reste à madame M. V. Comment accepta- *Loudun*
t-elle pour danseur ordinaire ce jeune pro- *Mélanie Valdor*
vincial, qui paraissait indécrottable, elle qui
avait fait valser antérieurement l'auteur d'*An-
tony* en personne? Madame V. n'avait déjà
plus le choix. Les charmes de la poésie sont
exclusifs; ils en souffrent rarement d'autres,
et madame V. était poète on ne peut plus.
On ne lui parlait pourtant pas, tant qu'elle
eut la moindre jeunesse, sans la trouver gra-
duellement embellie, et il fallait encore la
fuir à temps pour ne pas l'aimer tout à fait.
Elle dressa E. L. comme cavalier-servant,

comme bibliothécaire et comme publiciste à
la fois, en lui dénichant tour à tour des com-
missions à faire, des relations, des faveurs,
des protections, des droits, des moyens de se
faire imprimer, des opinions, des journaux
petits ou grands, un titre, une place et fina-
lement une croix. Aimez donc une jolie
femme, après cela, et espérez un peu de son
affection, de sa gratitude et de son dévoue-
ment, le demi-quart de ce qu'a fait un lai-
deron, au cœur d'or, prodiguant l'indulgence
et n'en demandant qu'un peu, pour qu'il y
eut un clerc d'huissier de moins! La première
fois tout juste qu'il cherche seul, voilà l'in-
grat qui trouve à se marier! A cela près, il
ferait mieux de s'appeler M. Valdor, puisqu'il
lui faut pour vivre un pseudonyme. Mais
comment nommerait-on sa femme?

* On comprend mieux que dans *Interlaken*
Lefeuve déguise tous les noms des personnages vivants qu'il mécontente en nous ra-
contant leur histoire. Méchant roman, dont
le succès n'est dû qu'à de telles personna-
lités!

* Eugène Labiche et Lefeuve se trouvaient
dans le cabinet de Camille Doucet, le lendemain de la première représentation de la

Considération. — Franchement, qu'en pensez-vous ? demandait l'auteur. — Ma foi, lni dit Lefeuvè, ce sera un autre *Ami de la Maison.*

Or Labiche, une fois dehors, ne se gêna pas pour reprocher à Lefeuve d'avoir flatté le fonctionnaire public auquel ils venaient de rendre visite. Mais son ami lui répondit bien vite : — Prends-tu donc pour un compliment d'avoir mis sur le même rang deux pièces dont il est l'auteur ?

* Quand madame de P. fut sur le point d'aimer le duc de G.-C., son mari essaya de combattre cette passion naissante en se faisant lui-même nommer duc. La fille d'Ève ne succomba pas moins à la tentation, et il fut bruit de son voyage en Espagne avec G.-C. Quand l'accès fut passé, le mari dit de l'amant : — Nous portions pourtant le même titre. — C'est vrai, dit la nouvelle duchesse : mais on aurait bien dû vous faire entrer, vous aussi, dans l'ancienne noblesse.

* La princesse de la M., fille de Jacques Laffitte et mère de madame de P., donne dans d'autres travers, qu'il faut également pardonner. C'est par monomanie qu'elle vole, dans les magasins de nouveautés. Un domestique fort heureusement la suit et promet de payer pour elle, ou de restituer la pièce d'étoffe ou de dentelles qu'elle a fait glisser sous son châle pendant que le commis lui en montrait une autre.

* Delangle, alors qu'il était ministre au département de l'intérieur, dormait plus mal qu'étant garde-des-sceaux. Les télégraphes eux-mêmes chômaient si peu que le veilleur de nuit placé à la porte du ministre n'avait qu'à se croiser les bras. Une nuit, entre autres, il ne lui fallut pas, pour tirer Delangle de son premier sommeil, moins de quatre avertissements, un de plus que pour un journal! Et de quelle dépêche s'agissait-il? Elle était conçue en ces termes : « Le *Cormoran* appareille pour Valparaiso. » Ce bâtiment n'avait à donner de ses nouvelles qu'au ministère de la marine ; on s'était donc trompé d'adresse. Delangle a si mal digéré ce cormoran qu'il en a pris en grippe le portefeuille de l'intérieur.

* Le même ministre tenait assez peu à sa place pour ne pas taire ce qu'il pensait de la campagne d'Italie, pendant que l'Empereur en personne y prenait le commandement. Jubinal, au contraire, faisait paraître dans le *Messager de Paris* une correspondance chau-

viniste, émanant de quelqu'un qui approchait l'auguste général en chef, et c'est pourquoi Delangle ne craignit pas de dire à Jubinal :
— Vous soutenez une guerre impie ; prenez bien garde à votre subvention.

* Badinguet ne déteste pas autant qu'on croit de tels accès d'indépendance. Lui-même a toujours excellé à dire oui en même temps que non sur toutes les questions de ce temps-ci, excepté une, qui pour lui ne fait pas une question. Il n'a cessé d'aimer la comtesse C., *Castiglione* sa cousine, que le jour où il a cru voir qu'elle l'aimait trop.

* Il y avait en 1848 une certaine dame, G...., S...., *G. Sand* fort connue dans le monde galant, qui avait la manie de se vêtir en homme. Elle avait l'habitude d'aller chaque soir chez Madame Henry, rue Richelieu, qui tenait une pépinière de jolies femmes. Elle s'y rendait avec autant d'ardeur que jadis Messaline au quartier des Esquilies.

La plus coupable d'entre ces deux femmes n'est certes pas Messaline. Que cherchait-elle? De la volupté. Ce que voulait notre chère dame était bien différent. Comme toutes les filles de Lesbie, elle aimait les fleurs, et, comme elles, elle préférait certains

endroits pour les cueillir. Elle allait dans ce
lupanar en faire une ample moisson ; puis,
quand elle avait de ses lèvres humides effeuillé
les roses flétries que portent à leur ceinture
les filles de joie, elle partait heureuse et contente.

Tous les romantiques du temps se rappel-
lent qu'elle fut surnommée le colonel des tri-
bades, et que depuis ce titre lui est resté.

Aujourd'hui cette vieille dame écrit des ro-
mans où elle prêche la morale, car, grâce à
ses amis, elle est devenue une des étoiles de
la littérature ; en un mot, elle est une célé-
brité (1).

* En 1867... vers le mois de mars... M. le
duc de Persigny invita chez lui Mⁿᵉ Léonie
L......, une des pensionnaires les plus ai-
mées du théâtre des Variétés.

Cette actrice avait une petite fille, âgée de
dix ans à peine, fort jolie et fort mignonne,
qui promettait beaucoup pour l'avenir.

Qu'arriva-t-il ?...

Le petit Fialin, qui avait vu l'enfant, fit ce

(1) Elle est d'ailleurs une des actrices du *Gamiani*, ce livre
aux scènes tribadiques dont l'auteur est LUI, son premier
amant, Alfred de Musset.

jour-là des propositions à la mère... qui furent acceptées.

Le marché fut conclu et arrêté au prix de cinquante mille francs. Dès la semaine suivante, la pauvre petite servait de hochet aux appétits contre nature de l'ancien ministre.

* Quelque temps après la mort du duc de Morny, frère de Napoléon III, M. le comte Goyon, général de division, M. Rouher, ministre d'État, M. le duc de Cambacérès, grand-maître des cérémonies, M. Fleury, écuyer de l'Empereur, se rendirent tous quatre, comme un seul homme, dans un établissement situé boulevard Monceaux, qu'on appelait à la Cour ; la *Griffe impériale*.

Là, dans un magnifique salon, préparé pour la circonstance, eut lieu une scène d'orgie et de débauche, comme il ne s'en fit jamais chez Lucullus, comme en vit jamais chez le Régent.

On y interpréta l'amour de mille façons, de mille manières, et sous les poses les plus diverses.

A Rome, on buvait du sang dans une coupe passée à la ronde, quand il s'agissait d'éprouver son courage ou de sceller quelque pacte ; là-bas, dans ce bouge infâme, on y but du champagne dont on avait arrosé le corps de vingt prostituées.

*M. Leverrier, directeur de l'Observatoire, sénateur et membre de l'Institut, a été surnommé à tort le Christophe Colomb des comètes.

On lui a jusqu'à ce jour attribué une foule de découvertes qu'il n'a point faites et qu'il est incapable de faire.

Si la fortune vient des femmes, M. Leverrier doit savoir si c'est juste. Ce que l'on ignore à son égard, c'est l'objet qui lui a servi de marche-pied pour arriver à la renommée.

Avant d'avoir le poste qu'il occupe, il fut longtemps secrétaire de François Arago, qui l'initia aux secrets de la science astronomique. A cette époque, il venait d'épouser une forte femme, pleine de charmes, que les ans n'ont point respectés. Elle avait la stature et la corpulence de l'illustre Sempronia, la puissante mère des Gracques. Si elle n'a jamais dit comme la matrone romaine : « *Pueri mei sunt ornamenta mea,* » c'est que son époux en se palpant le front aurait pu dire autre chose.

François, appelé à voir souvent Mme Leverrier, et frappé bientôt de sa beauté, lui parla un soir en secret.

..... Ils ne tardèrent pas à se comprendre.

François ayant dans son sac quelques découvertes qu'il n'avait pas mises au jour, en gratifia son secrétaire devenu soudain son ami. En échange de ce bienfait, qui assurait à son époux un peu d'immortalité, Mme Leverrier accorda au célèbre astronome une nuit de voluptés.

*Au mois de mai dernier... deux dames de la Cour... Mme la comtesse de G..... et *Guyon* Mme la duchesse de P...., faisaient une *Persigny* promenade sentimentale dans la forêt de Fontainebleau.

Chemin faisant, elles rencontrèrent un âne qui broutait paisiblement. La comtesse, considérant les parties sexuelles de la bête, dit dans sa surprise extrême :

— Voyez donc, chère amie, comme cet animal est fort !

— Eh- quoi ! reprit la duchesse, cela vous étonne ; mais mon mari est comme cela.

— Pas possible ?

— Je vous assure... Elle n'entre pas dans mon bracelet.

— En vérité, je ne puis vous croire... Mesurez donc... Nous verrons s'il y a une différence.

Ce qui lui fut dit fut fait. Aussitôt ces dames se mirent à l'œuvre. La comtesse saisit l'âne par la tête afin qu'il n'avançât pas, tandis que la duchesse ôta son bracelet et le fixa sur l'organe que vous connaissez.

Bientôt l'animal se raidit ; ses sens furent éveillés ; la duchesse s'en aperçut ; elle voulut retirer le bracelet...

Impossible !

L'âne, délivré des douces étreintes de la comtesse, s'enfuit au galop.

Une fois sorties de leur torpeur, elles se dirigèrent du côté où était parti le voleur ; et, après une heure de recherches infructueuses, elles retrouvèrent l'animal dans une maison voisine.

Elles racontèrent la chose au fermier qui s'empressa de restituer le bracelet.

* Le prince de Cammerata, était de tous les gentilshommes de la cour le plus aimé des femmes. L'Impératrice Eugénie se faisait remarquer par la préférence qu'elle lui accordait.

Dans une de ces fêtes, hélas ! l'infortuné prince, ayant à son bras celle qui savait si

bien l'accaparer, eut le malheur de lui dire :
« Je t'aime!..... » L'insulte était publique...
Aussitôt la comtesse de Théba, comme une
couleuvre blessée, s'élança vers le conspira-
teur de Boulogne et demanda vengeance.

A l'instant même, le prince Cammerata fut
livré au mouchard Zambo, exécuteur ordinaire des crimes de Napoléon ; il lui fit sauter
la cervelle par derrière d'un coup de pistolet.

* Le comte de Glaves, jeune Espagnol, pa-
rent d'Eugénie de Théba, avait, rue de la Ma-
deleine, un hôtel richement meublé, loge à
l'Opéra et aux Italiens. Mesdames de Montijo, de Glimes, et la future impératrice des
Français, étaient les commensaux assidus du
noble Castillan.

On assurait dans le quartier que la comtesse de Théba y venait très-souvent seule et
que, souvent, elle oubliait de s'en aller, quand
venait le soir...

Après le mariage de la fille Montijo avec
Louis-Napoléon, le comte de Glaves, en con-
duisant un quadrille échevelé aux Tuileries,
tomba sur le parquet et se fractura le bras
gauche. On transporta, par ordre de la jeune
impératrice, le blessé dans une des chambres
.... des rois de France.

La nuit suivante, Napoléon fut tiré de son sommeil de lion par le bruit de joyeux éclats de rire. Il se leva et se rendit dans l'appartement d'Eugénie.

Jugez de son effroi, Elle en était absente! Mortifié, colère, il prit son élan et parcourut en chemise tous les corridors du palais, en criant à tue-tête : Ousqu'es-tu, Eugénie? Ousqu'es-tu?

Dans sa course furieuse, il arriva tout à coup devant la chambre du comte de Glaves et y pénétra sans frapper. O surprise! O terreur! Il vit son épouse couchée à côté du blessé... et put se convaincre que tous les membres de l'Espagnol n'étaient pas fracturés.

Une heure après, un agent de police prenait de Glaves et le conduisait à la frontière.

Napoléon aurait dû se rappeler, quand il épousa Mlle Montijo, ces vers immortels :

> Et la garde qui veille aux barrières du Loùvre,
> N'en défend pas les rois.

* La Patti était dernièrement en représentation à Bruxelles.

Le soir de la première — on jouait *Lucie* — un souper de quinze couverts fut offert à la Diva et à son époux, le marquis de Caux.

Le repas se fit à l'hôtel de Bellevue; il fut splendide. — Parmi les propos tenus dans cette soirée, en voici un des plus drôles :

— Nous n'avons, disait le marquis, que 80,000 livres de rentes... et c'est peu !

— Comment, reprit un invité, mais je trouve cela très-beau !

— Sans doute, si nous n'étions qu'Adelina et moi, cela pourrait nous suffire, mais nous sommes obligés d'en donner la moitié à la famille de ma femme... Il ne nous reste donc que 40,000 francs.

— Eh bien ! Et ce que la marquise gagne au théâtre ?

— Ah ! cela c'est différent !... C'est pour payer mes dettes !

O Marfori ! Il paraît que tu fais des élèves !

*On jouait un soir à la Comédie-Française une pièce nouvelle d'un auteur fort estimé. Rachel, comme toujours, avait le principal rôle. Toute la presse avait été convoquée pour la circonstance. Le docteur Véron, rédacteur alors du *Constitutionnel* (grâce aux 100,000 francs que lui avait prêtés M. Thiers), se trémoussait dans un fauteuil d'orchestre.

Après la représentation il se rendit dans la loge de Rachel pour la féliciter ; puis, une fois que les importuns s'en furent allés, il lui demanda la permission de l'accompagner jusque chez elle. Elle accepta.

On monta en voiture, et une heure après on fut rendu à domicile.

Déjà Rachel se disposait à remercier le bon docteur, lorsque le coupé s'arrêta devant la demeure de Véron. En femme d'esprit, elle ne se fâcha point, mais elle tint au docteur ce langage : « Vous êtes fort habile, cher ami, j'en conviens ; seulement... vous savez... je n'ai pas l'habitude de me donner... c'est 5,000 francs.

C'était clair et c'était raide.

Le rédacteur du *Constitutionnel* consentit de bonne grâce.

Rachel ne pouvant lui accorder cette nuit-là, due à un vieux sénateur, lui promit la suivante.

Le lendemain elle prit 50 grammes de magnésie avant de se coucher ; Véron qui était venu avec l'espoir de goûter dans les bras de l'illustre tragédienne des voluptés infinies, passa une nuit affreuse, dans des draps où ne se firent point sentir les parfums de la rose.

* La sagesse des nations a dit : « Dis-moi « qui tu fréquentes, je te dirai qui tu es. »

Voyons donc les hommes que l'empire est parvenu à rallier à sa cause : nous connaîtrons, peut-être alors quel degré de moralité il possède.

Se présente en première ligne le prince Jérôme Bonaparte, dont la nullité vaniteuse et lâche est renfermée tout entière dans cette épithète : « Plonplon ou Craintplon. »

Il y a quelques années, ce prince était le protecteur en titre de Mlle C..., une charmante *Constance* actrice, qui l'aidait de toutes ses forces à coopérer à la prospérité de l'empire.

Malheureusement une liaison de cette espèce ne peut pas toujours durer, quel que soit le bien que la France en retire.

Mlle C... trouvait son amant *trop fade*, disait-elle ; *il fallait user envers lui de trop de ménagements* (sic). Ce fut ce qui décida la jolie actrice à s'engager pour la Russie dans une troupe ambulante. Elle était dans ce pays quand elle apprit le départ de Jérôme Bonaparte pour la Crimée.

— « Je ne l'eus jamais cru capable de cela, » répétait-elle à chaque instant.

Mais bientôt la nouvelle se modifia. On ap-

prit que le prince avait la colique, ce qui était
un prétexte plus que suffisant pour rebrousser
chemin vers la France.

— « A la bonne heure ! s'écria Mlle C..., je
« reconnais là mon gaillard. Toutes les émo-
« tions trop vives lui produisent le même
« effet. »

On attribue aussi cette aventure à Rachel.

* Le retour du général prince Jérôme Napoléon, atteint d'une diarrhée sur le champ
de bataille d'Inkermann, rappelle à notre
souvenir de chroniqueur ce mot admirable
attribué à un illustre sénateur : « Un Bonaparte, — dit-il à cette occasion, — doit mourir
ailleurs que sur un pot de chambre ! »

Ce fut probablement encore une impression
de ce genre qui l'empêcha de se battre en
duel avec le duc d'Aumale.

* Sous l'ancienne monarchie, Saint-Arnaud
n'était pas précisément ce qu'il était sous l'empire. En ce temps, simplement garde du
corps, sans prévoir entièrement la haute fortune qui l'attendait, il roulait déjà dans sa
tête des idées d'ambition.

Un jour de grande cérémonie qu'il se trouvait de service auprès du trône, la majesté
royale le frappa. Ces idées lui revinrent plus

que jamais à la pensée, et en saisissant de
suite le côté pratique, il crut ne pouvoir mieux
faire que de s'approprier les glands du dais
royal.

Une action semblable, celle qui illustre le
plus le fameux Saint-Arnaud, ne pouvait
trouver que peu d'imitateurs. Malheureusement, elle rencontra des jaloux. — Des rap-
ports eurent lieu. — Le glorieux maréchal
décembriste fut chassé honteusement des
gardes du corps. Sa modestie courut se réfu-
gier dans l'obscurité de la province; mais
l'histoire, toujours juste, lui a décerné le titre
de duc de Glandor.

*. On a découvert depuis peu dans les *Do-
cuments secrets*, de très-singulières et très-
curieuses lettres de MM. Octave Feuillet,
J. Sandeau, Ponsard et Arsène Houssaye,
remerciant Badinguet de l'envoi d'un exem-
plaire de la *Vie de César*.

Voici un extrait de la lettre de Ponsard :

« Le style de la *Vie de César*, ce style où
« César reconnaîtrait sa netteté et sa préci-
« sion, est bien propre à nous ramener au
« bon goût en montrant que le beau langage
« vient des fortes pensées. »

6

O. Feuillet s'exprime comme suit :

« Le souvenir que Votre Majesté daigne
« m'adresser de sa main est un titre d'hon-
« neur inappréciable pour moi et pour mes
« enfants. »

Sandeau :

« Rien ne pouvait m'être plus doux que ce
« souvenir de Sa Majesté. J'en suis touché
« comme si j'en étais indigne; j'en suis fier
« comme si je le méritais. »

Mais la palme appartient à l'archevêque de
Besançon et celui-ci écrit :

« En lisant ce bel et étonnant ouvrage, j'ai
« pensé que Jules César était bien heureux
« d'avoir conquis les Gaules et composé ses
« Commentaires; car, sans cela, l'Empereur
« aurait fait l'un et l'autre. »

* Les deux billets suivants sont adressés à
Conti, chef du cabinet de Badinguet.

Paris, le 15 octobre 1869.

« CHER MONSIEUR,

« Je me noie en ce moment faute de quatre
« billets de mille francs.

« Ah ! si vous pouviez faire parvenir mon
« cri d'angoisse jusqu'à l'oreille de l'Em-
« pereur !

« Recevez, cher monsieur, l'assurance de
« mes sentiments les plus distingués.

« ALBÉRIC SECOND. »

« CHER MONSIEUR,

« L'Empereur a daigné entendre et ac-
« cueillir mon cri de détresse.

« Faites, je vous en prie, que mon cri de
« joie et de reconnaissance parvienne jusqu'à
« Sa Majesté.

« Et croyez aux sentiments de haute con-
« sidération de votre dévoué serviteur.

« ALBÉRIC SECOND. »

Albéric Second était un des écrivains in-
dépendants de la presse parisienne ! Quelle
bassesse ! Quelle platitude !

* Après que Bonaparte-Badinguet eut assez
joui de la chaste Eugénie, il revint bientôt à
ses anciens péchés. Voici une petite histoire
qui lui arriva et qui fit rire tout Paris en son
temps : Il était devenu amoureux de la belle
comtesse de C..... Celle-ci ne lui refusa *Castiglione*

rien, et poussait le cynisme jusqu'à aller partager la couche vérolique de Badinguet. La vertueuse Espagnole apprit la chose : Outrée de dépit et de fureur, — l'amour n'était rien dans sa colère, — elle espionna la chose. Un beau soir, vers minuit, elle se présenta inopinément à la porte du quartier du maître, voulant ou lui parler, ou faisant la simagrée d'un autre désir. Grand émoi du chambellan de garde qui savait ce que faisait Louis en ce moment. Il n'était rien moins que couché avec la comtesse. Refus de l'honorable gardeur de la chambre à coucher, de laisser passer la rousse Eugénie. Celle-ci se fâche, *viva dios !* elle lance au chambellan la plus belle paire de gifles qu'il ait jamais reçues, entre malgré tout et s'en vient frapper à la porte de César. La pauvre comtesse, surprise, n'eut que le temps d'enlever ses habits, et de s'enfuir en chemise par un escalier dérobé. Je vous laisse à penser la scène qui eut lieu entre l'Espagnole et son Corse, et de quel rire homérique éclata tout Paris, quand vint à s'ébruiter la chasse de nouvelle espèce organisée par la Badinguette!!... On ne plaignit que la pauvre comtesse.

CLEF DES NOMS CITÉS

DANS

PARIS SOUS LE BAS-EMPIRE

Préface nécessaire.

Paris sous le Bas-Empire. — Paris pontifical et abject. — Paris chaudron et fournaise. — Paris spectre. — Badinguet. — Dalila. — L'Association des artistes dramatiques. — Laferrière. — Mlle Anaïs Auber. — Mlle Rachel. — L'amour entre hommes. — L'amour entre femmes. — Le bal de bienfaisance. — Sauvons la caisse. — Les représentations à bénéfice et leurs trucs. — Mlle Schneider. — Les célébrités inconnues. — Les célébrités insatiables. — Mlle Laguerre. Maillard. — La moralisation des coulisses. — La démoralisation du public. — Bolle-Lassalle. — Le baron Taylor et sa cour. — Eugène de Mirecourt. — Le domestique à deux fins. — Dauzats. — Bellel. — Les écrivains sans plume. — Le docteur Véron. — Ses écrits. — Son étoile. — Sa famille. — Sa fortune. — Sa politique. — Son parasite. — Sainte-Beuve. — Mlle Bélia. — Mlle Tual. — Mlle Girard. — Mlle Marimon. — Un rival du docteur. — Schey, rival du comte Walewski. — L'amant trompé sans le secours d'un autre amant. — L'*École du monde*. — Arthur Bertrand et sa doublure. — Plonplon s'en va-t-en

guerre. — Sa colique. — Son rival. — Son universalité.
— Chéri, de la Comédie-Française. — Naissance du fils à
Badinguet et à madame ***. — Récrimination de Plonplon. — L'amiral Verhuell, véritable père de Badinguet.
— La femme de Badinguet. — Darralde. — M⁽ᵐᵉ⁾ de Montijo et Prosper Mérimée. — La princesse Mathilde et
M. de Nieuwerkerque. — Leur Sainte-Beuve. — Le bain
de princesse à dix sous. — La princesse de Solms. — Alfred de Musset. — Ponsard. — Victor Emmanuel. — Réunion des deux familles du vice-président Schneider. —
Les journaux subventionnés en France par le roi d'Italie.
— Ernest Legouvé et Samson. — M⁽ᵐᵉ⁾ Samson et M⁽ᵐᵉ⁾ Co-
nillat. — Verteuil et ses *Contemporains*. — Duel entre le
maréchal Saint-Arnaud et le général Cornemuse. — Duel
entre le colonel Fleury et Alfred Dedreux. — Le colonel
entremetteur. — M⁽ᵐᵉ⁾ Constance, et sa conduite pareille à
celle de Plonplon en Crimée. — M⁽ᵐᵉ⁾ Doche. — Margue-
rite Bellanger. — Céline Montalent. — La scène des
poissons. — Les Plunkett. — Le sieur Doche. — La maîtresse de Cavaignac. — Le baron Couet de Lory, glanant
après récolte dans le lit défait d'une actrice. — Les trois
sourds du théâtre du Palais-Royal. — Les salles de spec-
tacles trop grandes. — Moralité des loges à salon sans lucarne. — Le baron Hausmann et l'amour. M⁽ᵐᵉ⁾ Cellié, sénateur. — Les lilliputiens, les bossus et les poussahs du
personnel dramatique. — Les juifs de la même classe. —
Ce qu'on en compte à l'Opéra-Comique, sur l'estrade des
salles de concert et dans les rangs de la littérature. —
Alexandre Weill, marchand de modes. — M. et M⁽ᵐᵉ⁾ Victorien Sardou. — Léon Gozlan donne des leçons dans un
couvent. — Le nommé Garfounkell, sa femme et leurs
millions. — Achille Fould. — Le maréchal Magnan. —
Le docteur Koreff. — M⁽ᵐᵉ⁾ Duplessis *aux Camélias*. —

Alexandre Dumas fils. — Mme Koreff. — Le marquis
Harrenc de la Condamine surprend un secret qui le fait
rougir et, perdant l'espoir d'être aimé, il se marie. —
Louis Énault, son âge et sa femme. — La rente faite par
Mme de Loustal au toujours jeune Dumon. — Les sigisbés
par intérêt. — La baronne de Godinot. — Baudouin de
Wiers. — Sapia. — Le comte de Coral. — Le marquis
d'Audiffret. — Bordeneuve. — Balleyguier dit Loudun.—
Mme Mélanie Valdor. — Alexandre Dumas. — Mme Lou-
dun, dite Valdor. — Le secret d'*Interlaken*, roman. —
Lefeuve, Eugène Labiche et Camille Doucet. — M. et
Mme de Persigny. — Le duc de Grammont-Caderousse.
— La princesse de la Moskova fait des siennes chez les
marchands de nouveautés. — Delangle ne peut avaler ni
le Cormoran ni Jubinal. — La comtesse de Castiglione et
Badinguet. — Georges Sand et le tribadisme. — Léonie
Leblanc, sa fille et Persigny. — La griffe impériale. —
Leverrier et Arago. — Comtesse de Guyon et duchesse de
Persigny. — L'âne au bracelet. — Le prince de Camme-
rata et Eugénie. — Le comte de Glaves et Eugénie de
Théba. — Badinguet cocu. — La Patti et le marquis de
Caux. — Véron et Rachel foirée. — Plonplon et *Mlle Constance*. — Saint-Arnaud, duc de Glandor. — Lettres cu-
rieuses de Ponsard, Sandeau, O. Feuillet, l'archevêque de
Besançon et la *Vie de César*. — Albéric Second. — La
comtesse de Castiglione, Badinguet et Eugénie. — Le
chambellan giflé. — Pauvre comtesse !

Les Mémoires de Badinguet, par E. Ramier, in-16.

P. Vésinier. Le mariage de l'Espagnole, fort vol. in-12.

Lemoigne. Les prouesses de Badinguet, in-16.

Caumartin. Indiscrétions (biographie satirique de Bismarck), in-16.

Idem. Indiscrétions sur G. Garibaldi, in-16.

V. Arnould. De la Constitution du parti révolutionnaire en France, d'après Gambetta, in-16.

L'Aspic, par Stout. 3 brochures, in-16. Pamphlet.

L'homme de Prusse ou Guillaume et Bismark dévoilés, par Timon III. *Brux.*, 1871, in-8°, br.

France et Allemagne. La Vengeance !!! par Timon III, *Brux.*, in-8°, br.

Paris actuel, par Lambert. Anecdotes scandaleuses, etc., in-18.

Le tyran, in-18. Pamphlet.

Les aides de camp du 2 Décembre : Canrobert, Espinasse, de Cotte, in-18.

Les finances de Paris sous l'empire, in-18.

Discours de V. Hugo et de Bancel, sur la tombe des proscrits français, br. in-18.

Le 13 juin, par Ledru-Rollin, etc., etc., in-18.

Ce que coûte l'empire, ses finances, ses traitements, etc., in-18.

Les 3 Maréchaux : Saint-Arnaud, Magnan, Castellanne, in-18.

L'Histrion français, ou le représentant de l'ordre et de la morale, in-18.

Le procès de la Montijo ; (détruit partout en France, par ordre du Gouvernement impérial) in-18, suivi de la Généalogie *épicière* de l'Impératrice Eugénie, in-16.

Le chassepot, in-16. Pamphlet curieux.

Pamphlets interdits en France

sous le gouvernement de Badinguet

QUI SE TROUVENT CHEZ LE MÊME ÉDITEUR :

Victor Hugo. Les Châtiments, in-8°, 1871. Nouv. édit. augm. du double, av. toutes les pièces interdites; fig.

Idem. Napoléon-le-Petit, in-8°, 1871. Nouv. édition, augm. de la *Nouvelle Caprée* et de l'*Apothéose matrimonial* et de la *Vie d'un illustre sénateur!* figure.

Idem. Le Christ au Vatican. -- La Voix de Guernesey. 2 broch. in-16.

Idem. L'attentat du 2 Décembre, avec Notes explic., in-8°.

Idem. L'organographie de Badinguet, d'après Gall et Spurzheim, in-8°.

M. Magen. Histoire satyrique du mariage de César avec la belle Eugénie de Gusman, in-8°.

Idem. Prostitutions et débauches de la famille Bonaparte, de Létitia à Badinguet, in-8°.

Schœlcher. Le lupanar Elyséen dévoilé, in-8°, figure.

Les documents secrets du cabinet de Badinguet, in-8°.

Frédéric II. Les matinées du roi de Prusse, in-18.

Madame César, par un ex-élève de Saint-Cyr. In-8°, br. *Pamphlet satyrique.*

Pierre Sillex. La chronique bonapartiste scandaleuse. In-18, *vignettes.*

X. Bruneaux. Vie de M. le baron de Ratapoil, sénateur de l'Empire, etc., etc. In-8°, br.

Confession de Badinguet. In-8°.

Chronique scandaleuse de la Magistrature française contemporaine, fort vol. in-12.